Jacques Prévert est né le 4 février 1900.

Auteur de pièces de théâtre, de scénarios de films — mis en scène par les plus grands réalisateurs de son époque : Jean Renoir, Marcel Carné, Pierre Prévert, Jean Grémillon... — Jacques Prévert est avant tout un poète. Un poète qui s'insurge, dénonce ; mais qui sait aussi s'attendrir et s'émouvoir devant la beauté simple du monde : un enfant, un oiseau, une fleur. Un poète libre : son indépendance de caractère l'a toujours éloigné des « écoles », partis ou systèmes. Et ce n'est pas là par indifférence aux événements du monde : son franc-parler prouverait le contraire.

C'est cela, cette image de la liberté, qui lui a conquis un si large public parmi les jeunes d'aujourd'hui. Jacques Prévert est mort à Omonville-la-Petite, dans la Manche, le 11 avril 1977.

Elsa Henriquez est peintre et illustratrice des trois livres de Jacques Prévert, également de lanternes magiques projetées à « La Fontaine des Quatre Saisons » en 1955. Pour la présentation de sa première exposition à Monaco en 1943, Jacques Prévert lui dédie le très beau poème *Pour faire le portrait d'un oiseau*.

Elle travaille sans interruption jusqu'à la mort de son mari, le peintre Savitry, survenue en 1967 mais elle ne délaisse pas pour autant sa peinture. Elle fait entre-temps deux expositions individuelles et travaille pour les éditions Doubleday à New York.

En 1976, elle exécute des illustrations pour un livre de Diana Wolkstein sur des légendes haïtiennes à paraître en 1978 aux éditions Knopf à New York.

16 JAN 1987

. . . .

. . . .

DERBYSHIRE
SAINT BENEDICT
SCHOOL
COUNTY COUNCIL

*Tous droits de traduction, de reproduction et d'adaptation
réservés pour tous les pays*

© Éditions Gallimard, 1963 pour le texte
© Éditions Gallimard, 1977 pour les illustrations

Jacques Prévert

Contes
pour enfants
pas sages

Illustrations d'Elsa Henriquez

Gallimard

L'autruche

Lorsque le petit Poucet abandonné dans la forêt sema des cailloux pour retrouver son chemin, il ne se doutait pas qu'une autruche le suivait et dévorait les cailloux un à un.

C'est la vraie histoire celle-là, c'est comme ça que c'est arrivé…

Le fils Poucet se retourne : plus de cailloux !

Il est définitivement perdu, plus de cailloux, plus de retour; plus de retour, plus de maison; plus de maison, plus de papa-maman.

"C'est désolant", se dit-il entre ses dents.

Soudain il entend rire et puis le bruit des cloches et le bruit d'un torrent, des trompettes, un véritable orchestre, un orage de bruits, une musique brutale, étrange mais pas du tout désagréable et tout à fait nouvelle pour lui. Il passe alors la tête à travers le feuillage et voit l'autruche qui danse, qui le regarde, s'arrête de danser et lui dit :

L'autruche : "C'est moi qui fais ce bruit, je suis heureuse, j'ai un estomac

magnifique, je peux manger
n'importe quoi.

"Ce matin, j'ai mangé
deux cloches avec leur
battant, j'ai mangé deux

trompettes, trois douzaines
de coquetiers, j'ai mangé
une salade avec son
saladier, et les cailloux
blancs que tu semais, eux
aussi, je les ai mangés.
Monte sur mon dos, je vais
très vite, nous allons
voyager ensemble.''
    ''Mais, dit le fils Poucet,

mon père et ma mère je ne les verrai plus ?"

L'autruche : "S'ils t'ont abandonné, c'est qu'ils n'ont pas envie de te revoir de sitôt."

Le Petit Poucet : "Il y a sûrement du vrai dans ce que vous dites, Madame l'Autruche."

L'autruche : "Ne m'appelle pas Madame, ça me fait mal aux ailes, appelle-moi Autruche tout court."

Le Petit Poucet : "Oui, Autruche, mais tout de même, ma mère, n'est-ce pas !"

L'autruche (en colère) :

"N'est-ce pas quoi ? Tu
m'agaces à la fin et puis,
veux-tu que je te dise, je
n'aime pas beaucoup ta
mère, à cause de cette
manie qu'elle a de mettre
toujours des plumes
d'autruche sur son
chapeau..."

    Le fils Poucet : "Le fait
est que ça coûte cher... mais
elle fait toujours des
dépenses pour éblouir les
voisins."

    L'autruche : "Au lieu
d'éblouir les voisins, elle
aurait mieux fait de

s'occuper de toi, elle te
giflait quelquefois."

Le fils Poucet : "Mon
père aussi me battait."
L'autruche : "Ah,
Monsieur Poucet te battait,
c'est inadmissible. Les
enfants ne battent pas leurs
parents, pourquoi les
parents battraient-ils leurs
enfants. D'ailleurs
Monsieur Poucet n'est pas
très malin non plus, la
première fois qu'il a vu un
œuf d'autruche, sais-tu ce
qu'il a dit ?"
Le fils Poucet : "Non."
L'autruche : "Eh bien, il

a dit : « Ça ferait une belle omelette ! »

Le fils Poucet (rêveur) : "Je me souviens, la première fois qu'il a vu la mer, il a réfléchi quelques secondes et puis il a dit : « Quelle grande cuvette, dommage qu'il n'y ait pas de ponts. »

"Tout le monde a ri mais moi j'avais envie de pleurer, alors ma mère m'a tiré les oreilles et m'a dit : « Tu ne peux pas rire comme les autres quand ton père plaisante ! » Ce n'est pas ma faute, mais je n'aime pas les plaisanteries des grandes personnes…"

L'autruche : "… Moi non plus, grimpe sur mon dos, tu ne reverras plus tes parents, mais tu verras du pays."

"Ça va", dit le petit Poucet et il grimpe.

Au grand triple galop l'oiseau et l'enfant démarrent et c'est un très gros nuage de poussière.

Sur le pas de leur porte, les paysans hochent la tête et disent : "Encore une de ces sales automobiles !"

Mais les paysannes entendent l'autruche qui carillonne en galopant :

"Vous entendez les cloches, disent-elles en se signant, c'est une église qui se sauve, le diable sûrement court après."

Et tous de se barricader jusqu'au lendemain matin, mais le lendemain l'autruche et l'enfant sont loin.

Scène de la vie
des antilopes

En Afrique, il existe
beaucoup d'antilopes; ce
sont des animaux charmants
et très rapides à la course.

Les habitants de
l'Afrique sont les hommes
noirs, mais il y a aussi des
hommes blancs, ceux-là
sont de passage, ils viennent
pour faire des affaires, et ils
ont besoin que les noirs les
aident; mais les noirs
aiment mieux danser que
construire des routes ou des
chemins de fer, c'est un
travail très dur pour eux et
qui souvent les fait mourir.

Quand les blancs
arrivent, souvent les noirs

se sauvent, les blancs les attrapent au lasso, et les noirs sont obligés de faire le chemin de fer ou la route, et

les blancs les appellent des "travailleurs volontaires".

Et ceux qu'on ne peut pas attraper parce qu'ils sont

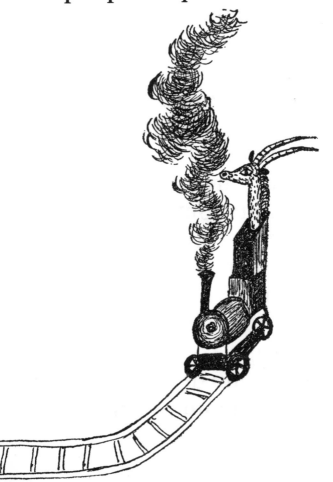

trop loin et que le lasso est trop court, ou parce qu'ils courent trop vite, on les attaque avec le fusil, et c'est pour ça que quelquefois une balle perdue dans la montagne tue une pauvre antilope endormie.

Alors, c'est la joie chez les blancs et chez les noirs aussi, parce que d'habitude les noirs sont très mal nourris, tout le monde redescend vers le village en criant :

"Nous avons tué une antilope", et en faisant beaucoup de musique.

Les hommes noirs tapent

sur des tambours et
allument de grands feux, les
hommes blancs les
regardent danser, le

lendemain ils écrivent à leurs amis : "Il y a eu un grand tam-tam c'était tout à fait réussi !"

En haut, dans la montagne, les parents et les camarades de l'antilope se regardent sans rien dire...
Ils sentent qu'il est arrivé quelque chose...

... Le soleil se couche et chacun des animaux se demande sans oser élever la voix pour ne pas inquiéter les autres : "Où a-t-elle pu aller, elle avait dit qu'elle serait rentrée à 9 heures... pour le dîner !"

Une des antilopes,

immobile sur un rocher,
regarde le village, très loin
tout en bas, dans la vallée,
c'est un tout petit village,
mais il y a beaucoup de
lumière et des chants et des
cris... un feu de joie.

Un feu de joie chez les
hommes, l'antilope a
compris, elle quitte son
rocher et va retrouver les
autres et dit :

"Ce n'est plus la peine de
l'attendre, nous pouvons
dîner sans elle..."

Alors toutes les autres
antilopes se mettent à table,
mais personne n'a faim,
c'est un très triste repas.

Le dromadaire
mécontent

Un jour, il y avait un jeune dromadaire qui n'était pas content du tout.

La veille, il avait dit à ses amis : "Demain, je sors avec mon père et ma mère, nous allons entendre une conférence, voilà comme je suis moi !"

Et les autres avaient dit : "Oh, oh, il va entendre une conférence, c'est merveilleux", et lui n'avait pas dormi de la nuit tellement il était impatient, et voilà qu'il n'était pas content parce que la conférence n'était pas du tout ce qu'il avait imaginé :

il n'y avait pas de musique
et il était déçu, il s'ennuyait
beaucoup, il avait envie de
pleurer.

Depuis une heure trois
quarts un gros monsieur
parlait. Devant le gros
monsieur, il y avait un pot à
eau et un verre à dents sans
la brosse et, de temps en
temps, le monsieur versait
de l'eau dans le verre, mais
il ne se lavait jamais les
dents et visiblement irrité il
parlait d'autre chose,
c'est-à-dire des dromadaires
et des chameaux.

Le jeune dromadaire
souffrait de la chaleur, et

puis sa bosse le gênait
beaucoup; elle frottait
contre le dossier du
fauteuil, il était très mal
assis, il remuait.

Alors sa mère lui disait :
"Tiens-toi tranquille, laisse
parler le monsieur", et elle
lui pinçait la bosse; le jeune

dromadaire avait de plus en
plus envie de pleurer, de
s'en aller…

Toutes les cinq minutes,

le conférencier répétait : "Il ne faut surtout pas confondre les dromadaires avec les chameaux, j'attire mesdames, messieurs et chers dromadaires, votre attention sur ce fait : le chameau a deux bosses mais le dromadaire n'en a qu'une !"

Tous les gens de la salle disaient : "Oh, oh, très intéressant", et les chameaux, les dromadaires, les hommes, les femmes et les enfants prenaient des notes sur leur petit calepin.

Et puis le conférencier recommençait : "Ce qui

différencie les deux
animaux, c'est que le
dromadaire n'a qu'une
bosse, tandis que, chose
étrange et utile à savoir, le
chameau en a deux…"
    A la fin le jeune
dromadaire en eut assez et,

se précipitant sur l'estrade,
il mordit le conférencier :

"Chameau !" dit le
conférencier furieux.

Et tout le monde dans la
salle criait : "Chameau,
sale chameau, sale
chameau !"

Pourtant c'était un
dromadaire, et il était très
propre.

L'éléphant de mer

Celui-là c'est l'éléphant
de mer, mais il n'en sait
rien. L'éléphant de mer ou
l'escargot de Bourgogne, ça
n'a pas de sens pour lui, il se
moque de ces choses-là, il
ne tient pas à être
quelqu'un.

Il est assis sur le ventre
parce qu'il se trouve bien
assis comme ça : chacun a le
droit de s'asseoir à sa guise.

Il est très content parce
que le gardien lui donne des
poissons, des poissons
vivants.

Chaque jour, il mange
des kilos et des kilos de
poissons vivants, c'est

embêtant pour les poissons
vivants parce qu'après ça ils
sont morts, mais chacun a le
droit de manger à sa guise...

Il les mange sans faire de
manières, très vite, tandis
que l'homme quand il
mange une truite, il la jette
d'abord dans l'eau
bouillante et après l'avoir
mangée, il en parle encore
pendant des jours, des jours
et des années.

"Ah, quelle truite, mon
cher, vous vous souvenez !"
etc., etc.

Lui, l'éléphant de mer,
mange simplement, il a un
très bon petit œil, mais

quand il est en colère, son nez en forme de trompe se dilate et ça fait peur à tout le monde.

Son gardien ne lui fait pas de mal... On ne sait jamais ce qui peut arriver...

Si tous les animaux se fâchaient, ce serait une drôle d'histoire.

Vous voyez ça d'ici, mes petits amis, l'armée des éléphants de terre et de mer arrivant à Paris. Quel gâchis...

L'éléphant de mer ne sait rien faire d'autre que de manger du poisson, mais c'est une chose qu'il fait très

bien. Autrefois, il y avait paraît-il des éléphants de mer qui jonglaient avec des armoires à glace, mais on ne peut pas savoir si c'est

vrai… personne ne veut
plus prêter son armoire !

   L'armoire pourrait
tomber, la glace pourrait se
casser, ça ferait des frais,

41

l'homme aime bien les animaux, mais il tient davantage à ses meubles...

... L'éléphant de mer, quand on ne l'ennuie pas, est heureux comme un roi, beaucoup plus heureux qu'un roi, parce qu'il peut s'asseoir sur le ventre quand ça lui fait plaisir alors que le roi, même sur le trône, est toujours assis sur son derrière.

L'opéra des girafes

Opéra triste
en plusieurs tableaux

Comme les girafes sont muettes, la chanson reste enfermée dans leur tête.

C'est en regardant très attentivement les girafes dans les yeux qu'on peut voir si elles chantent faux ou si elles chantent vrai.

PREMIER TABLEAU

Chœur des Girafes

Refrain :
"Il y avait une fois des
girafes

Il y avait beaucoup de
girafes.
Bientôt il n'y en aura plus

C'est monsieur l'homme qui
les tue.

Couplet :
Les grandes girafes sont
                    muettes
Les petites girafes sont
                    rares.
Sur la place de la Muette
J'ai vu un vieux vieillard
Avec beaucoup de poil
                    dessus,
Le poil c'était son pardessus
Mais par-dessus son
                    pardessus
Il était tout à fait barbu.
Par-dessus le poil de girafe
Barbe dessus en poil de
                    vieillard.
Elles sont muettes les
                    grandes girafes,

Mais les petites girafes sont
rares."

DEUXIÈME TABLEAU

Place de la Muette (à Paris)

Le vieux vieillard de la chanson traverse la place en faisant des moulinets avec sa canne.

Le vieux vieillard (il chante) :
"Une hirondelle ne fait pas le printemps
Mais mon pardessus fera bien cet hiver.
Une hirondelle…"

Soudain un autre vieillard vient à sa rencontre et comme il connaît le premier et que le premier le connaît également, ils s'arrêtent en face l'un de l'autre, enlèvent leur chapeau de dessus leur tête, le remettent, toussent un peu et se demandent comment ça va, répondent que ça va bien, comme ci, comme ça, pas mal et vous-même, la petite famille très bien, merci beaucoup et puis ils en arrivent à la conversation proprement dite :

Premier vieux vieillard : "Très très content de vous voir…"

Second vieux vieillard : "Moi de même, et votre fils

toujours aux colonies, comment va-t-il et que fait-il, combien gagne-t-il, de quoi trafique-t-il, bois précieux, noix de coco, bois des îles ?"

Premier vieux vieillard (très fier) : "Non, les girafes !"

Second vieux vieillard : « Ah parfait, très bien, très bien, les girafes (il tâte l'étoffe du pardessus). Eh ! Eh ! c'est de la girafe de première qualité, votre fils fait bien les choses… "

A cet instant deux girafes traversent lentement et sans rien dire la place de la

Muette, et les deux
vieillards font semblant de
ne pas les reconnaître,
surtout le vieillard au
pardessus, il est
horriblement gêné et, pour
se faire bien voir des
girafes, il chante leurs
louanges et l'autre vieillard
chante avec lui :

*Chœur des deux
vieillards :*

"Ah ! le temps des girafes
C'était le bon vieux temps,

Dans une petite mansarde
Avec une grande girafe
Qu'on est heureux à vingt
ans

Refrain :   *(bis)."*
"Mais il reviendra le temps
        des girafes..."
...A l'instant même où les
deux vieillards annoncent
que le temps des girafes va
revenir, les deux girafes
s'en vont en haussant les
épaules.

TROISIÈME TABLEAU

Aux colonies

Le fils du vieux vieillard se promène avec un de ses amis, ils ont chacun un fusil.

Le fils qui regardait en l'air aperçoit la tête d'une girafe, baisse le regard et voyant la girafe tout entière entre dans une grande colère.

Le fils :

"Sortez du monde, girafe, Sortez, je vous chasse !"

Il vise, il tire, la girafe tombe, il met le pied dessus, son ami le photographie...

…Soudain le fils pâlit : "Quelle mouche vous pique ?" lui dit son ami.

Le fils : "Je ne sais pas…"

Il lâche son fusil, tombe sur la girafe et s'endort pour un certain nombre d'années, la mouche qui l'a piqué est une mauvaise mouche, c'est la mouche tsé-tsé…

L'ami le voit, comprend, s'enfuit et la grosse mouche mauvaise le poursuit…

La girafe est tombée, l'homme est tombé aussi, la nuit tombe à son tour et la lune éclaire la nuit…

… Le fils est endormi, on dirait qu'il est mort, la girafe est morte, on dirait qu'elle dort.

Cheval dans une île

Celui-là c'est le cheval qui vit tout seul quelque part très loin dans une île.

Il mange un peu d'herbe; derrière lui, il y a un bateau, c'est le bateau sur lequel le cheval est venu, c'est le bateau sur lequel il va repartir.

Ce n'est pas un cheval solitaire, il aime beaucoup la compagnie des autres chevaux, tout seul, il s'ennuie, il voudrait faire quelque chose, être utile aux autres. Il continue à manger de l'herbe et, pendant qu'il mange, il pense à son grand projet.

Son grand projet c'est de
retourner chez les chevaux
pour leur dire :
    "Il faut que cela change"
et les chevaux demanderont :
    "Qu'est-ce qui doit
changer ?"
et lui, il répondra :

"C'est notre vie qui doit changer, elle est trop misérable, nous sommes trop malheureux, cela ne peut pas durer."

Mais les plus gros chevaux, les mieux nourris, ceux qui traînent les corbillards des grands de ce monde, les carrosses des rois et qui portent sur la tête un grand chapeau de paille de riz, voudront l'empêcher de parler et lui diront :

"De quoi te plains-tu, cheval, n'es-tu pas la plus noble conquête de l'homme ?"

Et ils se moqueront de lui.

Alors tous les autres chevaux, les pauvres traîneurs de camion n'oseront pas donner leur avis.

Mais lui, le cheval qui réfléchit dans l'île, il élèvera la voix :

"S'il est vrai que je suis la

plus noble conquête de l'homme, je ne veux pas être en reste avec lui.

"L'homme nous a comblés de cadeaux, mais l'homme a été trop généreux avec nous, l'homme nous a donné le fouet, l'homme nous a donné la cravache, les éperons, les œillères, les brancards, il nous a mis du fer dans la bouche et du fer sous les pieds, c'était froid, mais il nous a marqués au fer rouge pour nous réchauffer...

"Pour moi, c'est fini, il peut reprendre ses bijoux,

qu'en pensez-vous ? Et pourquoi a-t-il écrit sérieusement et en grosses lettres sur les murs... sur les murs de ses écuries, sur les murs de ses casernes de cavalerie, sur les murs de ses abattoirs, de ses hippodromes et de ses boucheries hippophagiques[1] : Soyez bons pour les Animaux, avouez tout de même que c'est se moquer du monde des chevaux !''

[1] *Note pour les chevaux pas instruits :* Hippophage : celui qui mange le cheval.

Alors, tous les autres pauvres chevaux commenceront à comprendre et tous ensemble ils s'en iront trouver les hommes et ils leur parleront très fort.

Les chevaux : "Messieurs, nous voulons bien traîner vos voitures, vos charrues, faire vos courses et tout le travail, mais reconnaissons que c'est un service que nous vous rendons, il faut nous en rendre aussi; souvent, vous nous mangez quand nous sommes morts, il n'y a rien à dire là-dessus, si vous

aimez ça, c'est comme pour
le petit déjeuner du matin,
il y en a qui prennent de
l'avoine au café au lit,
d'autres de l'avoine au
chocolat, chacun ses goûts,

mais souvent aussi, vous
nous frappez, cela, ça ne
doit plus se reproduire.

"De plus, nous voulons
de l'avoine tous les jours;
de l'eau fraîche tous les

jours et puis des vacances et qu'on nous respecte, nous sommes des chevaux, on n'est pas des bœufs.

"Premier qui nous tape dessus on le mord.

"Deuxième qui nous tape dessus on le tue, voilà."

Et les hommes comprendront qu'ils ont été un peu fort, ils deviendront plus raisonnables.

Il rit le cheval en pensant à toutes ces choses qui arriveront sûrement un jour.

Il a envie de chanter, mais il est tout seul, et il n'aime que chanter en chœur, alors il crie tout de même : "Vive la liberté !"

Dans d'autres îles, d'autres chevaux l'entendent et ils crient à leur tour de toutes leurs forces : "Vive la liberté !"

Tous les hommes des îles et ceux du continent entendent des cris et se demandent ce que c'est, puis ils se rassurent et disent en haussant les épaules : "Ce n'est rien, c'est des chevaux."

Mais ils ne se doutent pas de ce que les chevaux leur préparent.

Jeune lion en cage

Captif, un jeune lion grandissait, et plus il grandissait plus les barreaux de sa cage grossissaient, du moins c'est le jeune lion qui le croyait... en réalité, on le changeait de cage pendant son sommeil.

Quelquefois, des hommes venaient et lui jetaient de la poussière dans les yeux, d'autres lui donnaient des coups de canne sur la tête et il pensait : "Ils sont méchants et bêtes mais ils pourraient l'être davantage, ils ont tué mon père, ils ont tué ma mère, ils ont tué mes frères,

un jour sûrement ils me
tueront, qu'est-ce qu'ils
attendent ?"

Et il attendait aussi.

Et il ne se passait rien.

Un beau jour : du
nouveau… les garçons de la
ménagerie placent des
bancs devant la cage, des
visiteurs entrent et
s'installent.

Curieux, le lion les
regarde…

Les visiteurs sont assis…
ils semblent attendre
quelque chose… un
contrôleur vient voir s'ils
ont bièn pris leurs tickets, il
y a une dispute, un petit

monsieur s'est placé au premier rang… il n'a pas de ticket… alors le contrôleur le jette dehors à coups de pied dans le ventre, tous les autres applaudissent.

Le lion trouve que c'est très amusant et croit que les hommes sont devenus plus gentils et qu'ils viennent simplement voir comme ça en passant :

"Ça fait bien dix minutes
qu'ils sont là, pense-t-il, et
personne ne m'a fait de
mal, c'est exceptionnel, ils
me rendent visite en toute
simplicité, je voudrais bien
faire quelque chose pour
eux…"

Mais la porte de la cage
s'ouvre brusquement et un
homme apparaît en
hurlant :

"Allez Sultan, saute
Sultan !"
et le lion est pris d'une
légitime inquiétude car il
n'a encore jamais vu de
dompteur.

Le dompteur a une chaise
dans la main, il tape avec la
chaise contre les barreaux
de la cage, sur la tête du
lion, un peu partout, un
pied de la chaise casse,
l'homme jette la chaise et,

sortant de sa poche un gros
revolver, il se met à tirer en
l'air.

"Quoi ? dit le lion,
qu'est-ce que c'est que ça,
pour une fois que je reçois
du monde, voilà un fou, un
énergumène qui entre ici
sans frapper, qui brise les
meubles et qui tire sur mes
invités, ce n'est pas comme

il faut", et sautant sur le dompteur il entreprend de le dévorer plutôt par désir de faire un peu d'ordre que par pure gourmandise...

Quelques-uns des spectateurs s'évanouissent, la plupart se sauvent, le reste se précipite vers la cage et tire le dompteur par les pieds on ne sait pas trop pourquoi, mais l'affolement c'est l'affolement n'est-ce pas ?

Le lion n'y comprend rien, ses invités le frappent à coup de parapluie, c'est un horrible vacarme.

Seul un Anglais reste

assis dans son coin et répète : "Je l'avais prévu, ça devait arriver, il y a dix ans que je l'avais prédit…"

Alors, tous les autres se retournent contre lui et crient :

"Qu'est-ce que vous dites ?… c'est de votre faute tout ce qui arrive, sale étranger, est-ce que vous avez seulement payé votre place ?" etc., etc.

Et voilà l'Anglais qui reçoit lui aussi des coups de parapluie…

"Mauvaise journée pour lui aussi !" pense le lion.

Les premiers ânes

Autrefois, les ânes étaient tout à fait sauvages, c'est-à-dire qu'ils mangeaient quand ils avaient faim, qu'ils buvaient quand ils avaient soif et qu'ils couraient dans l'herbe quand ça leur faisait plaisir.

Quelquefois, un lion venait qui mangeait un âne,

alors tous les autres ânes se sauvaient en criant comme des ânes, mais le lendemain ils n'y pensaient plus et recommençaient à braire, à boire, à manger, à courir, à dormir… En somme, sauf les jours où le lion venait, tout marchait assez bien.

Un jour, les rois de la création (c'est comme ça que les hommes aiment à s'appeler entre eux) arrivèrent dans le pays des ânes, et les ânes très contents de voir du nouveau monde galopèrent à la rencontre des hommes.

Elsa Henriques

Les ânes (ils parlent en galopant) : "Ce sont de drôles d'animaux blêmes, ils marchent à deux pattes, leurs oreilles sont très petites, ils ne sont pas beaux mais il faut tout de même leur faire une petite réception... c'est la moindre des choses..."

Et les ânes font les drôles, ils se roulent dans

l'herbe en agitant les pattes,
ils chantent la chanson des
ânes, et puis histoire de rire
ils poussent les hommes
pour les faire un tout petit
peu tomber par terre; mais
l'homme n'aime pas
beaucoup la plaisanterie
quand ce n'est pas lui qui
plaisante et il n'y a pas cinq
minutes que les rois de la
création sont dans le pays

des ânes que tous les ânes
sont ficelés comme des
saucissons.

Tous, sauf le plus jeune,
le plus tendre, celui-là mis à
mort et rôti à la broche avec
autour de lui les hommes le
couteau à la main. L'âne
cuit à point, les hommes
commencent à manger et
font une grimace de

mauvaise humeur puis jettent leur couteau par terre.

L'un des hommes (il parle tout seul) : "Ça ne vaut pas le bœuf, ça ne vaut pas le bœuf !"

Un autre : "Ce n'est pas bon, j'aime mieux le mouton !"

Un autre : "Oh que c'est mauvais (il pleure)."

Et les ânes captifs voyant pleurer l'homme pensent que c'est le remords qui lui tire les larmes.

On va nous laisser partir, pensent les ânes, mais les hommes se lèvent et parlent tous ensemble en faisant de grands gestes.

Chœur des hommes :
"Ces animaux ne sont pas bons à manger, leurs cris sont désagréables, leurs oreilles ridiculement longues, ils sont sûrement stupides et ne savent ni lire, ni compter, nous les appellerons des ânes parce que tel est notre bon plaisir et ils porteront nos paquets.

"C'est nous qui sommes les rois, en avant !"

Et les hommes emmenèrent les ânes.

table

*Achevé d'imprimer
le 28 Mai 1986
sur les presses de
l'Imprimerie Hérissey
à Évreux (Eure)*

*N° d'imprimeur : 40119
Dépôt légal : Mai 1986
1er dépôt légal dans la même collection : Octobre 1977
ISBN 2-07-033021-4*

Imprimé en France

38238